EPITRE A DAPHNÉ.

PIÈCE

QUI A CONCOURU POUR LE PRIX

de l'Académie Françaiſe en 1774.

PAR M. DE SAINT-ANGE.

Sans ſortir de la Ville, il trouve la Campagne. BOILEAU.

A PARIS,

Che DEMONVILLE, Imprimeur-Libraire de l'Académie
Françaiſe, rue Saint-Severin, aux Armes de Dombes.

M. DCC. LXXIV.

PRÉFACE.

L'ACADÉMIE Française a distingué cette
Épître dans un concours où le mérite des Pièces
qui lui ont été présentées, l'a engagée à être
plus sévère sur leurs défauts. Celui qu'elle a
reproché à celle - ci, c'est de manquer de
mouvement & d'énergie. Je suis si disposé à
reconnaître la justesse de ce reproche, que
je me l'étois déjà fait à moi-même. Il est vrai
que je l'avois attribué au genre de l'Ouvrage
bien plus qu'à la manière dont je l'avais traité.
Mais en sentant ce défaut dans mon sujet, je
sentais aussi que je lui devais un ton de naturel
& de simplicité d'autant plus précieux qu'il
devient plus rare tous les jours. On sait d'ailleurs
qu'il y a des Épîtres de plus d'un genre. Il en
est qu'une versification aisée, une diction élé-
gante, quoique naturelle, des sentimens agréa-
bles, des images douces caractérisent particuliè-

A ij

rement. Cette efpèce d'Épître n'eſt peut-être
pas moins difficile que celle qui demande une
verve plus animée & des objets plus importans
pour y réuſſir : il faudroit un Écrivain poli qui
fût à la fois Poëte, Philoſophe & Homme du
monde. C'eſt le grand mérite de Chaulieu. Je
ſens combien je ſuis loin des moindres beautés
de ſes Ouvrages. Le mien manque ſur-tout de
cette philoſophie qui domine dans ſes plus petites
bagatelles, & qui fait penſer l'eſprit en l'amuſant ;
mais il eſt plus convenable à un jeune homme
de rendre compte au Public de ſes ſenſations que
de ſes idées.

ÉPITRE

A DAPHNÉ.

O Vous qui préſidez à ce cercle agréable,
Où la raiſon ſait plaire, où l'eſprit eſt aimable;
Vous nous quittez, DAPHNÉ, le retour du printemps
Au monde, à vos amis, vous ravit pour un temps!
Loin de vous retenir, ah! je vous porte envie.
Allez: il eſt bien doux à l'ame recueillie
D'oublier dans le ſein des champêtres loiſirs
Les chagrins de la Ville, & même ſes plaiſirs.
Allez revoir les prés, les ruiſſeaux & l'ombrage;
Vous devez embellir le plus beau payſage.

Pour moi, tel que privé des rayons d'un jour pur,
Un lierre en nos cités rampe à l'ombre d'un mur,
Loin de Flore & de vous, relegué dans la Ville,
Je paſſe les beaux jours au fond d'un humble aſile.
Je le dirai pourtant: cet aſile ignoré,
Où mon eſprit long-temps dans le monde égaré,

A iij

Se sauve d'une foule ou dangereuse ou vaine,
Dont je fuis l'amitié presqu'autant que la haine,
Devient mon Hélicon, & borne mes désirs :
Là, mes travaux divers sont pour moi des plaisirs.
Cet asile ne peut me rendre la nature :
Mais j'en relis au moins, j'en aime la peinture.
Dans vos descriptions, ô mes Livres chéris !
Je trouve la Campagne au milieu de Paris.

HORACE, mon ami, mon Compagnon, mon Maître,
Qu'il m'est doux de te suivre en ta maison champêtre !
Je parcours avec toi les jardins de Tibur.
Dans tes vallons rians je respire un air pur.
L'Homme qui sait penser, & sur-tout le Poëte,
Au séjour des Cités préfère la retraite.
C'est là que détrompé du faste des Palais,
Tu sais mettre à profit les faveurs de Palès.
Amante des Hameaux, là ta Muse facile
Réfute *Aristius*, cet Amant de la Ville (1).
Je partage tes goûts, tes tranquilles penchans ;
J'aime à t'entendre dire : » ô ma maison des Champs,
» Quand pourrai-je, éloigné de Rome & de l'Envie,
» Abandonner mes jours à la douce incurie,
» Et lisant tour-à-tour Aristippe ou Zénon,
» D'une morale utile occuper ma raison (2) ?

____

(1) *Urbis amatorem Fuscum salvere jubemus.*
    Ruris amatores, ...

(2) *O Rus ! Quando ego te aspiciam ! Quandoque licebit*
    Nunc veterum libris, nunc somno, & inertibus horis
    Ducere sollicitæ jucunda oblivia vitæ ?

Plus heureux, plus content dans ton petit Domaine,
Qu'à Rome chez les Grands & même chez Mécène,
Tu cultives ton Champ : & souvent ton voisin (1),
Rit de voir un Poëte une bêche à la main :
Incensé le mortel qui fier de sa paresse,
Désœuvré par orgueil autant que par mollesse,
Végète noblement dans un stupide ennui !
Un insecte qui rampe est plus vivant que lui.
Pour toi, loin de rougir de ce travail rustique,
Tu t'y livres gaîment, & ton esprit caustique
Adouci par ses soins, occupé du repos,
Pardonne aux mauvais vers, & laisse en paix les Sots.

Quelquefois à Tibur je préfère Mantoue :
Un troupeau bondissant dans la plaine se joue :
Le chien court, il revient, il rode autour du bois ;
J'entends les chalumeaux, la flûte & le hautbois.
Là, j'entre sous la grotte obscure & retirée
Dont un pampre sauvage a tapissé l'entrée (2).
Ici, je vois Tytire ; ô Vieillard fortuné !
En lisant le bonheur qui te fut destiné,
Mon cœur avec transport en embrasse l'image :
Tu pourras donc encor sur cet heureux rivage (3),
Penchant sur ces gazons ta tête en cheveux blancs,
Goûter le frais & l'ombre au déclin de tes ans.

(1) *Rident vicini glebas & saxa moventem.*
(2) *Sive priùs antro succedimus : aspice ut antrum*
    Sylvestris raris sparsit labrusca racemis.
(3) *Fortunate senex ! Ergo inter flumina nota*
    Et fontes sacros frigus captabis opacum.

Ce tableau paſtoral attache mon idée :
D'un doux enchantement mon ame poſſédée
Eprouve cette joie & ce calme des ſens,
Calme pur qu'on ne doit qu'aux plaiſirs innocens.
O charme de Virgile ! illuſion ſuprême !
Je ſuis aux Champs, j'oublie & l'Auteur & moi-même.
Je veux un Ecrivain, qui vrai dans tous ſes tons,
S'il me peint des Bergers, m'intéreſſe aux moutons :
J'aime mieux m'occuper d'une fleur ou d'un hêtre,
D'un ruiſſeau, d'un gazon, d'une mouſſe champêtre,
Que des traits raffinés d'un Rimeur bel-eſprit,
Qui me montre l'Auteur dans tout ce qu'il me dit.

Mais ſouvent à ta voix, ô Voltaire, ô grand Homme !
Des bords du Mincio, des Champs voiſins de Rome,
Je vole vers ce lac, ces déſerts, ces jardins,
Honorés par tes pas, cultivés par tes mains.
Au fond de ta retraite, utile à ta Patrie,
Tu fais, en raſſemblant dans la même prairie,
Le Courſier du Parnaſſe & le Bœuf de Cérès,
Défricher tour-à-tour & chanter tes guérets ?
Que ne puis je habiter ta demeure tranquille,
Et comme Ovide au moins, dire, *j'ai vu Virgile* !

Si mon eſprit, charmé de ces illuſions,
Veut goûter les plaiſirs des diverſes ſaiſons,
O Rival de Tompſon, Chantre de la Nature,
Tes crayons variés m'en offrent la peinture !
Oui, je peux en dépit des fureurs de Janvier,
Retrouver dans tes vers les beaux jours du Bélier.

Vainement un Cenfeur, plein de fiel & d'audace,
Chenille mal-faifante, infecte du Parnaffe,
S'efforça de ronger de fes malignes dents
Les fruits de ton *Été*, les fleurs de ton *Printemps*,
Son fiel n'a pu flétrir leurs beautés immortelles,
Tes couleurs à nos yeux en ont paru plus belles.

Ainfi, belle DAPHNÉ, privé de vos regards,
Je cherche mon bonheur dans le fein des Beaux-Arts,
Compagnes de mes pas, les Mufes m'environnent;
Leurs mains, qui par bonté quelquefois me couronnent,
Des fleurs de l'Hélicon femant tous mes inftans,
Font de mon Cabinet un éternel printemps.
Ce ne font point les bois, les rives fortunées
Qui nous font de beaux jours, d'heureufes deftinées :
Le Sage peut lui feul embellir tous les lieux :
Il ne défire point par des contraires vœux
La Ville à la Campagne & les Champs à la Ville.
Mais le plus beau féjour devient trifte & ftérile
Pour ceux qui de Plutus habitent les lambris.
Ennuyés à la Cour, ennuyeux à Paris,
Ils traînent avec eux les ennuis au Village.

De nos jours un Anglois, Philofophe & peu Sage,
Le cerveau travaillé d'une fombre vapeur,
Et tourmenté fur-tout du très-rare malheur
D'être dans fon pays, riche, paifible & libre,
Vint vifiter les bords de la Seine & du Tybre.
Il vit les Ateliers de Pigal, de Vanloo,
Obferva froidement leur touche & leur cifeau,

Du Palais de nos Rois l'augufte colonade
Ne plut que foiblement à fon efprit malade.
Eglé le conduifit à ce Temple des Arts,
Où tout charme l'efprit, l'oreille & les regards,
Mais le fon des beaux vers, la danfe, la mufique
Lui fit de cent plaifirs un ennui magnifique (1).
A Rome il jugea tout, comme il fit à Paris ;
A Florence il blâma la *Vénus Médicis*,
Ce fameux Panthéon, des Temples le modèle
Ne parut à fes yeux qu'une arène affez belle,
Où deux coqs, en champ clos, pouvoient combattre en-
tr'eux.

Voilà votre portrait, vous qu'on appelle heureux :
L'orgueil & fes vapeurs, les biens & leur ivreffe
Offufquent vos efprits hébétés de molleffe.
Tout fe fane à vos yeux : les plaifirs turbulens
Chaffent devant vos pas la paix & le printemps.
Non, ce n'eft point pour vous que la riante Flore
Émaille les gazons des perles de l'Aurore,
Ou que la riche Automne, en fes pompeux habits,
Orne fes blonds cheveux de pampre & de rubis.
Le murmure des eaux, ou celui de l'abeille,
N'eft pour vous qu'un bruit fourd qui frappe votre oreille.
Vous quittez nos Fauxbourgs, au retour des étés,
Moins pour chercher les bois, que pour fuir les Cités.

---

(1) Allufion à ces vers de M. de Voltaire fur l'Opéra.
Où les beaux vers, la Danfe & la Mufique
. . . .
De cent plaifirs font un plaifir unique.

Mondor va dans ſa Terre, où ſon Palais immenſe
A remplacé le toît de ſon humble naiſſance:
Rien n'y parle à ſes ſens, rien n'y remplit ſes vœux:
Il voulut être riche..... il pouvoit être heureux.

Concevez des jardins plus beaux que ceux d'Armide,
L'ombrage le plus frais, l'onde la plus limpide ;
Lyſe y périt d'ennui: Lyſe en ces lieux charmans
Ne peut faire à nos yeux briller ſes diamans.

Pour vous que la raiſon a toujours ſu conduire,
Dans le fond d'un déſert vous ſauriez vous ſuffire ;
Vous changez de vertus en changeant de ſéjour :
Vous plaiſez au Village, & plairiez à la Cour.

Lu & approuvé ce 19 Août 1774. MARIN.
Vu l'Approbation. Permis d'imp. ce 21 Août 1774. DE SARTINE.